ÂNE GRIS

Dessins par Ed. Zier pour Texte par Stahl

BIBLIOTHÈQUE et
MACASIN D'ÉDUCATION
et de recréation.
Édit: J. Hetzel
Paris - 18 r: Jacob.

L'ANE GRIS

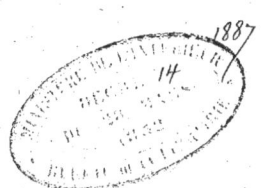

ÉDOUARD ENTR'OUVRIT LA PORTE DU SALON.

Édouard avait sept ans.

On est homme à cet âge, et les hommes peuvent avoir des chevaux.

Le petit Édouard voulait un cheval.

Il avait bien un âne, un joli petit âne gris, pas plus gros qu'une grosse chèvre, de cette gentille espèce qu'on ne trouve qu'en Algérie. Ce petit âne intelligent avait nom *Souris;* il suivait partout son jeune maître comme l'eût fait un chien. Mais l'homme n'est jamais content; un âne n'est pas un cheval, et Édouard aurait voulu une grosse, grosse bête qui fît peur à tout le monde, ou qui tout au moins inspirât le respect à ses amis. Souris n'effrayait personne. Henri le montait sans sourciller, sa cousine Élise lui faisait faire ses quatre volontés. Un vrai cheval eût été pour Édouard tout seul, n'eût obéi qu'à Édouard et ne se serait laissé donner du sucre que par lui.

Le petit Édouard réclamait donc un cheval, un grand cheval. Ni les sages réflexions de son père, ni les douces remontrances de sa mère ne purent l'arrêter; il voulait un cheval, et puisqu'on ne voulait pas lui en donner un, eh bien, il allait partir pour l'acheter; il avait cent sous dans sa poche.

Ce qu'il avait dit, il le fit.

Un soir que son père lisait, que sa mère travaillait et que la petite sœur racontait une histoire à sa poupée, le petit Édouard entr'ouvrit la porte du salon, se glissa sans bruit à gauche dans le corridor, prit son chapeau, la grosse canne ferrée de son père, puis s'étant assuré que sa précieuse pièce de cent sous était bien dans sa poche, il sortit bravement de la maison par la porte du fond, et, pour n'être pas vu du salon, contourna intérieurement les murs du jardin.

Le jardin précédait le parc, il était assez grand. La nuit était venue, mais le petit Édouard n'avait pas peur. Il enfonça son chapeau sur sa tête et, en attendant qu'il eût un vrai coursier, il se mit à cheval sur la canne de son papa. Dans le jardin, Édouard ne pensait pas à grand'chose. Cependant son cœur battait. Si on allait s'apercevoir de son départ et se mettre à sa poursuite! Rien qu'à cette pensée, le petit Édouard frissonnait, s'arrêtait un instant, tournait la tête, mais comme personne ne venait, le petit Édouard se rassurait. Alors il marchait fièrement. Pensez donc : il allait enfin avoir un cheval! Oh! il savait bien ce qu'il ferait! Quand, après avoir traversé le jardin, il serait dans le parc, où était l'écurie de Souris, il prendrait son petit âne, et, pour la dernière fois, il monterait dessus. Comme cela, il irait à la ville sans trop de fatigue. La canne de son papa ne lui servirait plus de monture, mais, portée sur son épaule, elle jouerait très bien le rôle d'un fusil. Édouard connaissait l'auberge du père Jacques, où son papa descendait : le père Jacques était son grand ami. Jacques lui donnerait une belle chambre pour se reposer un peu et aussi pour se débarbouiller. Quand on va acheter un cheval, il faut avoir l'air d'un monsieur, il se ferait servir un bon souper et conduire par Jacques chez le marchand qui vend des chevaux.

La question était de savoir de quelle couleur il le prendrait, son cheval! Le petit Édouard était très indécis. Le noir était bien joli, mais le rouge le tentait beaucoup. Quant au blanc, c'est trop salissant, il n'y fallait pas songer. Quel malheur qu'il n'y ait pas de chevaux bleus ou même des verts! Édouard n'était pas encore décidé, quand il arriva à la porte du parc. Il l'ouvrit, la referma soigneusement, puis courut à l'écurie.

Son petit âne n'y était pas; il ne restait que la moitié de sa longe. Se serait-il échappé? Aurait-il été volé? Édouard fut très désappointé. Mais, en réfléchissant un peu, il se consola vite. Ce n'aurait pas été bien beau d'arriver sur un âne à la ville pour y acheter un cheval! On se serait moqué de lui. « Et puis, pour revenir, pensa-t-il, comment aurais-je fait? Je ne pourrais pas monter sur l'âne et sur le cheval à la fois. J'aurais été obligé de laisser mon âne chez Jacques, et papa m'aurait grondé. Décidément, il vaut mieux que Souris ne se soit pas trouvé dans son écurie. D'ailleurs, ce n'est peut-être que le jardinier qui l'a pris. »

Le petit Édouard avait de la philosophie; il se remit tout de suite en marche et avança courageusement dans le parc.

Le parc était bien vaste et la nuit était bien noire. Le petit Édouard

« S'IL EN VIENT UN, JE L'EMBROCHE ! »

LE PETIT ÉDOUARD AVAIT ÉTÉ TRÈS TROUBLÉ.

n'était pas rassuré. Il croisa la bayonnette avec sa canne ferrée : « S'il en vient un, je l'embroche ! »

Le petit Édouard savait bien ce qu'il voulait dire. Un, c'est le voleur, c'est celui qui se cache dans l'ombre, qui vous épie pour vous faire du mal, c'est tout ce qui fait peur aux petits enfants, tous les bruits, tous les silences, tous les rêves, toutes les ombres, toutes les terreurs de l'imagination.

Pour se donner du cœur, le petit Édouard se mit à siffler et à regarder en l'air. Tout à coup, il lui sembla qu'il y avait quelqu'un là, au haut d'un arbre, qui le regardait avec deux gros yeux rouges. Il ne se trompait pas. Ce quelqu'un, à son approche, jeta un cri lugubre et s'envola pesamment. C'était un gros hibou, qui n'était pas content du tout. Édouard l'avait dérangé. Cet oiseau tranquille n'aimait pas les vagabonds.

Le petit Édouard avait été très troublé. « Il vaut mieux que je ne siffle pas, c'est plus prudent. Comme cela je pourrai passer sans que les hiboux fassent attention à moi. Celui-là était un poltron, mais les autres sont peut-être très méchants. Et puis, une fois hors du parc... »

Mais décidément le parc était grand, très grand. La nuit était épaisse et de plus en plus sombre, et le petit Édouard se sentait encore bien loin de la porte.

Depuis qu'il ne sifflait plus, il avait encore plus peur. Tous les bruits lui arrivaient distinctement, et Dieu sait s'il y a des bruits et des voix, la nuit, dans un parc ! Tous ces bruits, toutes ces voix, ces mille riens insaisissables, le craquement d'une branche, le frôlement de l'herbe sous le passage d'un animal réveillé, les gémissements du vent dans les hautes branches se confondaient dans une seule voix qui semblait s'adresser à lui.

Or, voici ce que lui disait la voix du parc :

« Petit Édouard, petit Édouard, où vas-tu ? Pourquoi as-tu quitté la maison de ton papa, qui t'aime tant ? Tu sais bien que tu vas faire pleurer ta petite mère, qu'à l'heure qu'il est, elle est très inquiète ! Comment as-tu eu le cœur de l'abandonner ? Tu aurais bien mieux fait de rester ce soir avec elle, au lieu de partir comme cela en garçon désobéissant. »

La voix du parc lui disait encore autre chose : « Sois sage, petit Édouard ; il fait bien sombre, tu peux faire de mauvaises rencontres. Retourne chez toi, demande pardon à ton papa et à ta maman. Ne pense plus à ton cheval. »

Mais le petit Édouard n'écouta pas la voix du parc et se remit à marcher. Il marcha longtemps, et alors, en le voyant passer, voilà que toute chose se mit à lui parler encore :

« Voilà le petit Édouard qui va chercher son cheval, disait le vent. Ah! ah! ah! »

Et le vent lui emportait son chapeau.

« Voilà le petit Édouard qui fait une sottise, disait le buisson ; petit Édouard, ne vas pas plus loin! »

Et le buisson déchirait son habit.

« Petit Édouard, arrête-toi, murmurait le ruisseau, ne va pas plus loin. »

Et le petit Édouard trébuchait dans le ruisseau.

Il se releva en se secouant, chercha sa canne, projetée à quelques pas devant lui, et continua son pénible voyage.

Ses dents claquaient.

« C'est désagréable, se disait-il ; si j'avais su, je ne serais pas parti de nuit. Je risque de me perdre et de tomber dans des trous. Le parc est changé, je ne sais plus où je suis. »

Qu'est-ce qui arrive au petit Édouard? Il vient de faire un bond prodigieux, il est tombé à la renverse. Il a crié : « Papa! papa! »

Si vous le demandez au petit Édouard, il vous répondrait qu'un animal plus grand qu'un lion, plus grand qu'un tigre, plus grand qu'un éléphant, lui a passé entre les jambes et l'a culbuté violemment.

Si vous me le demandiez à moi, je vous dirai que ce lion, ce tigre, cet éléphant n'était autre qu'un petit lapin que le pied d'Édouard avait troublé dans son sommeil, et qui avait eu plus de peur encore que lui.

Il fallut plus de cinq minutes au petit Édouard pour retrouver ses esprits. Tout cela ne lui semblait pas clair du tout.

ET LE BUISSON DÉCHIRAIT SON HABIT.

ET LE PETIT ÉDOUARD TRÉBUCHAIT DANS LE RUISSEAU.

Décidément, le parc s'était allongé, agrandi. Autrefois l'allée du milieu était toute droite, et maintenant il semblait à Édouard qu'elle tournait toujours.

La vérité est que le petit Édouard s'était égaré. Ce n'était pas l'allée du milieu qu'il avait prise. Ce n'était pas le parc de son papa, c'était comme un grand bois, comme une forêt qui l'entourait pour le punir.

Quand le petit Édouard eut essayé de se raisonner et de reprendre son sang-froid, il n'eut plus qu'une idée, sortir du parc.

Il doubla le pas ; ses petites jambes avaient fort affaire. Il voulait courir, mais elles s'y refusaient.

« Ma foi, tant pis, je vais chanter, se dit-il. Quand on chante, c'est qu'on ne craint rien. »

Et il se mit à entonner à pleine voix une chanson qu'il avait composée lui-même avec sa cousine Élise et le petit Henri, à propos de Souris, et qui avait le don de faire accourir à eux la jolie bête.

Le premier couplet se termina sans encombre. Au moment où il allait commencer le second il lui sembla entendre distinctement marcher derrière lui dans le taillis. Son premier mouvement fut de courir encore plus vite, et ce ne fut qu'à grand'peine qu'il put se tenir ce raisonnement plein de justesse :

« Si je me sauve, on croira que j'ai peur, tandis que, si je marche au pas, on me prendra pour un homme et on me laissera tranquille... D'ailleurs, j'ai peut-être mal entendu. Je me serai trompé ; je ne suis pas sorti du parc, je suis dans le parc, le parc est entouré de grands murs, personne n'a pu sauter par-dessus, j'ai tort d'avoir peur. »

En dépit de l'assurance qu'il voulait se donner, le petit Édouard tremblait de tous ses membres. Il s'arrêta ; il pencha la tête pour écouter, et, dans le silence de la nuit, il entendit, très distinctement cette fois, quelque chose comme le souffle rauque d'une bête féroce. C'était bien vrai. Il entendait quelque chose, il n'y avait pas à en douter.

Les cheveux du petit Édouard se dressaient sur sa tête. Ses jambes se dérobaient sous lui...

Il essaya, sans y trop réussir, d'allonger encore le pas, tout en faisant sonner sa canne et ses talons sur la terre. Mais le bruit ne cessait point. Bien au contraire, il se rapprochait et redoublait.

« Ils sont plusieurs, se dit le petit Édouard, je suis perdu. »

Et, sans se laisser plus arrêter par aucune réflexion, il jeta sa canne qui l'empêchait de courir et se mit à fuir à toutes jambes. C'était une déroute.

Son ou ses persécuteurs s'étaient mis à courir, eux aussi.

« Je finirai bien par arriver au bout du parc, pensait Édouard haletant. Si j'arrive le premier à la porte, je suis sauvé. »

Mais cette porte, où était-elle?

Petit Édouard n'avait plus de forces. Le bruit grossissait de plus en plus. Une idée terrible venait de surgir dans son cerveau : des gendarmes étaient à sa poursuite! Il y avait comme le retentissement sourd de bottes lourdes et pesantes dans ce qu'il entendait... Qu'allait-il devenir? qu'allait-il faire? Crier, appeler au secours, ce serait se trahir, et cela ne servirait à rien... Il devait être très tard. A la maison tout le monde devait être couché. « Si j'avais trouvé Souris à son écurie, pensait-il tout en courant, je serais monté dessus, Souris aurait galopé et je serais déjà chez le père Jacques... Je crois aussi que j'ai eu tort de jeter ma canne. Si je l'avais, je m'embusquerais derrière un arbre, et pan, pan, ce serait bientôt fait, soit des voleurs, soit même des gendarmes. »

Mais il l'avait jetée, sa canne, il était désarmé et il entendait de plus en plus distinctement ceux qui le poursuivaient. Ah! comme il se repentait maintenant d'avoir quitté ses parents, d'être sorti sans leur permission! Il n'avait plus envie d'un cheval; il aurait donné jusqu'à Souris pour être encore avec sa petite sœur en train de jouer dans le salon. Il y serait si bien, dans le salon!

Mais il ne fallait plus y penser. Le petit Édouard se désespérait.

« C'est fini, ils vont m'attraper! Que je suis malheureux! Au secours! au secours! »

IL EST TOMBÉ A LA RENVERSE, IL A CRIÉ: «PAPA! PAPA!»

DES GENDARMES ÉTAIENT A SA POURSUITE.

En ce moment, et, comme si elle eût répondu à son appel, la cloche de la maison paternelle retentit dans les airs. Était-ce bien possible, est-ce qu'il ne serait encore que l'heure du coucher?...

Sans s'en douter, Édouard avait fait le tour du parc; au lieu d'aller tout droit par l'allée du milieu, il avait tourné sur lui-même et était revenu à son point de départ. C'était bien là la porte du jardin.

Il n'était que neuf heures.

La cloche continuait à sonner.

Sans doute on s'était aperçu de son absence.

Ce second coup de cloche était pour l'appeler.

Encore un effort et ses ennemis vont s'arrêter, bien sûr; il n'oseront pas le poursuivre si près de la maison. En tout cas, il y arrivera le premier!

Le petit Édouard se trompait. La poursuite continuait.

Mais Édouard était rentré dans le jardin.

Toute sa famille était là qui l'appelait, qui le cherchait. Son père était sur la plate-forme du perron. Les domestiques effarés couraient partout avec des lanternes.

Chacun criait: Édouard, Édouard!» La voix de sa sœur venait jusqu'à lui.

« Papa! papa! s'écria Édouard, cher papa! je suis là! »

Et le petit Édouard tombait à moitié mort de peur dans les bras de son père.

Mais il n'arrivait pas seul. Les voleurs, les gendarmes, tous ses ennemis, tous ses persécuteurs, animés sans doute, eux aussi, par leur course, avaient franchi la porte du jardin et faisaient effrontément irruption dans le salon en sonnant une fanfare éclatante.

Le croirait-on? mais la vérité nous oblige à le confesser: la troupe des fantômes devant laquelle avait fui l'intrépide Édouard se composait d'un seul malfaiteur!... son petit âne, qui, en se trouvant tout à coup au milieu des lumières du salon, avait cru devoir célébrer son entrée par le plus beau braiement qui fût jamais sorti de son gosier.

Le jardinier avait laissé, ce soir-là précisément, la porte de Souris ouverte, et Souris en avait innocemment abusé. Après une flânerie sans but dans le parc, il avait reconnu la voix de son jeune maître et s'était fait un devoir de ne rien épargner pour le rejoindre ; il l'avait suivi pas à pas, courant quand il courait, s'arrêtant à distance respectueuse quand il s'arrêtait, et soufflant à l'occasion, ce qui pouvait expliquer les rugissements qui avaient si fort impressionné M. Édouard.

Tout le monde pardonna à Souris.

Tout le monde pardonna même à Édouard, après qu'il eut fait une confession complète.

On se permit bien de rire un peu de son aventure ; mais, prenant son parti en bon petit garçon qu'il était, Édouard finit par en rire lui-même.

« C'est égal, dit-il à son papa en allant se coucher, je renonce aux promenades de nuit. Je renonce à mon grand cheval. Je garderai mes cent sous et Souris. J'aime mieux cela.

— Tu vois, d'ailleurs, lui dit son père en l'approuvant, que tu n'as pas besoin d'une plus terrible monture. Souris t'a montré qu'il était assez gros pour faire peur à quelqu'un... à un brave.

— Oh ! père, dit Édouard, ne te moque pas de moi, j'ai eu si peur ! »

H. NOËL.

Strasbourg, typ. G Fischbach. — 4100.

PETIT ÉDOUARD N'ARRIVAIT PAS SEUL.